LE
GENIE
OMBRE.

LE GENIE OMBRE,

ET LA

SALA‑GNO‑SILPH‑ONDINE

CHIMBORAÇO,

CONTE PHISIQUE.

Questo basta a monstrare in ogni parte
La vera sua legittima natura.

A CHIMERIE.

M. DCC. XLVI.

PREFACE.

LECTEUR, *vous trouverez dans cet Ouvrage quelque chose de nouveau & de vrai; c'est l'excuse d'un Livre.* *

J'*Apprens en corrigeant cette derniere épreuve que le Génie Ombre a prié le respectable Corps dans lequel on a enfin*

* Tiré du Chapitre V. du Newton
Voltairisme, page 60.

bien voulu l'admettre de prendre fait & cause pour lui contre ses Critiques ; mais la sage
Académie les a trouvés trop
judicieux pour vouloir les
troubler.

Sævit atrox V . . . . . nec teli conspi-
   cuit usquam.
Auctorem, nec quo se ardens immit-
   tere possit.

Virg. Æneid. IX. 420.

V . . . tout en furie ne voit aucune part
celui qui a lancé le trait, & il ne sçait
de quel côté se tourner pour en tirer
vengeance.

OMBRE

OMBRE

ET

CHIMBORAÇO.

CONTE PHISIQUE.

UN jour j'étois couché au pied d'un arbre dans cette plaine charmante, où s'étend le cours délicieux qui conduit au Palais de nos Rois.

A

Je réfléchissois sur la multiplicité des connoissances de ce présomptueux mortel, qui sans compas osant mesurer l'Univers, nous assure qu'il est tel que le calcul des autres a démontré qu'il doit être. Je me demandois envain si je pouvois l'écouter avec confiance, lorsqu'un nuage épais chassé de l'Orient par un vent impétueux, vint se briser à mes pieds. Cette nuée dont le sein brilloit d'une lumiere éclatante, servoit de Char à Minerve, qui me parla en ces termes.

3

Sensible à l'état où je te vois, je viens te faire connoître l'objet de tes réflexions.

Son air majestueux m'avoit d'abord imposé, j'étois resté interdit ; mais à mesure qu'elle parla, je vis son visage se couvrir d'une apparence de masque transparent, ressemblant à Momus, & une Marotte se placer parmi les attributs qui la caractérisoient pour la Déesse de la Sagesse. Ce masque & cette Marotte m'inspirérent de la hardiesse,

A ij

j'ofai la queftionner.

Quelle eft cette parure étrangére, lui demandai-je? Je ne la croyois pas faite pour Minerve.

Tu ne connois pas encore bien les hommes, me répondit la Déeffe; le plus fûr moyen de les aprivoifer avec la fageffe, eft de la leur préfenter fous le mafque de la folie.

Je fuis pénétré de reconnoiffance, repris-je, du motif qui vous a fait prendre ce déguifement; cependant vous me plaifiez mieux, lorfque je ne vous le voyois pas. Oui, me répliqua-t-elle, mais je ne vous aurois pas plû long-tems.

Alors les Zéphirs s'entremêlérent dans notre nuage, & nous porterent avec une légere rapidité vers le midi de Paris, où s'éléve ce fomptueux édifice confacré à Minerve par le plus grand de nos Rois.

Vois, me dit cette Déeffe, ce Temple conftruit pour moi, où devroient habiter mes Prêtres & mes Enfans, où je devrois me plaire moi - même , où j'ai quelquefois deſcendu pour éclairer de dociles Nouriçons : que penſes-tu qu'il renferme ? Qui crois-tu qui ſoit monté ſur mon Autel ? Hélas ! répondis-je , je l'ignore ; je vous en ai cru juſques à préſent la Déeſſe ; j'en ai reſpecté les Prêtres; j'ai compté vous y adorer. Je veux te deſſiller les yeux , reprit - elle. Je vais rendre ce Temple tranſparent, & t'y faire appercevoir des objets inviſibles aux yeux des hommes, & qui ne peuvent se tracer dans leur imagination.

A peine eut-elle cessé de parler, que je vis ces murs & ces voûtes impénétrables à la lumiere changés en un cristal transparent comme l'air même. Que j'eus de plaisir à voir cette métamorphose ! Mais que mon plaisir fut momentané !

Aussi-tôt que j'eus jetté les yeux dans le Sanctuaire, je vis un monstre effrayant, dont tout le corps énorme étoit rempli de bras & de mains, qui sembloient s'a-

vancer vers moi, pour m'at-
tirer contre une forêt de
langues de ferpent qui for-
toient de fon corps. A cet
afpect terrible, je reculai
d'horreur & d'effroi.

Qu'avez - vous, me de-
manda Minerve, en fou-
riant ? Je frémis, lui répondis-je, d'être attiré par
ce monftre. N'ayez nulle
peur, me répliqua-t-elle,
ce n'eft qu'un monftre
métaphifique, qui ne peut
vous faire de mal.

Cette Fille putative de
Newton, cette prétendue
Déeffe de mon Temple,

eſt la Sala-Gno-Silph-on-
dine Chimboraço, fille du
Génie Pithagore, & de l'i-
magination qui n'a pas plus
de pouvoir....

Ha, Déeſſe, j'en vais être
attiré ! Comment pour-
rai-je réſiſter à toute la vertu qu'elle a dans ce grand
Edifice ? J'ai oui parler de
cette Sala-Gno-Silph-on-
dine, & je ſçai que placée
dans une maſſe double de
moi, elle a une fois plus de
force que je n'en ai pour lui
réſiſter. Quand ſur la foi de
ſes Prêtres, reprit Minerve, vous ſeriez perſuadé

de son pouvoir *en raison de la masse*, vous ne devriez pas en être plus intimidé, car, vous avez dû leur entendre dire aussi, que sa vertu qui est répanduë dans toutes les parties de la terre, vous y attache avec plus de force que celle qu'elle auroit, même dans une montagne, ne vous attireroit vers cette montagne. Pourquoi donc, demandai-je à ma divine Conductrice, attire-t-elle le plomb, lorsqu'elle est placée dans son Château Seigneurial de Chimbora-

ço? Il me semble que quelqu'immense que soit ce
Château, il n'est rien en
comparaison du Domai-
ne * dont il dépend. Cela
n'est pas encore exacte-
ment calculé par ses Prê-
tres, me répondit la Déesse; mais sans vous embaras-
ser la tête de tous les caractéres Algébriques, qu'il
faudroit combiner pour
éclaircir ces faits, ce que
je vous ai dit doit vous ras-
surer entiérement contre
sa prétenduë attraction; &
de plus vous êtes invisible

* La Terre.

à ses yeux. Ce que vous avez eu la bonté de me dire, Déesse, est fort sen-sé, répondis-je à Minerve, mais j'ai peur. Rassurez-vous, me dit-elle, voilà mon Egide, regardez la Sala-Gno-Silph-ondine sans frayeur, & je vous assure que quand vous serez plus instruit, vous serez aussi ferme que moi.

Vous voyez ces Atomins aîlés, dont les habits brodés de topases, de rubis & d'émeraudes, brillent des couleurs dont se pare l'Iris. Ces enfans du

Soleil sont autant de petits peintres, qui mis en mouvement par leur pere, vont peindre les objets & reviennent vous en apporter l'image. L'Enchanteresse * Chimboraço a selon ses Prêtres, un pouvoir différent sur eux, selon les différens lieux où ils passent ; elle les attire plus dans le cristal que dans l'air. Vous allez connoître combien leurs principes sont surs. Vous voyez un arbre au-delà du Temple ;

* Une Sala - Gno - Silph - ondine est Enchanteresse de sa nature.

c'eſt parce qu'un nombre indéfini d'Atomins vont le peindre & reviennent par milliards dans le fond de votre œil, en apporter laforme & la couleur. Entre vous & cette voûte de criſtal, il y a de l'air, ainſi qu'entre le criſtal & l'arbre. Comment ces Atomins pénétrent-ils juſques dans l'air qui ſe trouve au-delà du Temple, & vont-ils juſqu'à l'arbre, ſi Chimboraço les attire plus dans ce criſtal que dans l'air? Il me ſemble, lui répondis-je, qu'ils ne devroient point paſſer, & encore moins repaſſer parce qu'ils doivent être plus fatigués en revenant qu'en allant. Ce n'eſt pas là ce qu'il y a de plus étonnant, ajouta Minerve; c'eſt que ces petits peintres qui volent horiſontalement ne ſoient pas attirés par la terre, où la puiſſance de Chimboraço eſt la plus grande qu'elle puiſſe être dans votre tourbillon.

Je ne crains plus rien, dis-je alors à Minerve; ſa figure ſeule me déplaît. Elle ne vous déplaira pas long-tems, reprit la Déesse; je vais lui permettre de se montrer à vous, telle qu'elle paroît aux yeux d'un Chimboracien.

Chimboraço me parut belle, aussi-tôt que Minerve eut cessé de parler. Je la vis * *noble, simple, sans fard, audessus de l'éloge & de l'art* du Poëte le plus fécond en riches portraits; mais j'apperçus aussi à ses pieds une Femme aîlée charmante, dont l'air triste & la situation, m'intéresserent plus que la beauté de l'En-

* Epître à Madame Du ***

chanteresse

chantereſſe ne m'avoit touché. Je demandai à ma Conductrice, quelle étoit cette jolie Femme qui ſembloit répandre la lumiere autour d'elle. C'eſt, me répondit la Déeſſe, la Salamandre Subtile, qui circule dans l'Univers. Que je ſuis fâché, repris-je, qu'elle ſoit aux pieds de Chimboraço ! Par quel malheur s'y trouve-t-elle? Vous avez à préſent la vuë tournée en Chimboracien, me répliqua Minerve, & vous croyez voir Subtile dans un état humiliant

quoiqu'elle n'y foit pas.
J'en fuis charmé, repris-je,
car j'ai entendu dire qu'elle étoit la caufe de quantité d'effets incompréhen-
fibles. Les Docteurs de fa
Loi, me répondit la Déef-
fe, rendent compte par fon
moyen, affez heureufe-
ment de beaucoup de phé-
nomenes furprenans.

Vous êtes étonné, par
exemple, de voir qu'une
pierre que vous jettez vers
le ciel, revienne fur vous;
c'eft felon eux, parce que
Subtile, Magnefie, Efthe-
rée & Celefte, danfant

les vents * dans les airs,
l'entraînent dans leurs differens tourbillons, & la
chaffent enfin vers vous,
par le milieu de leur ron-
de ; il en eft ainfi de tous
les corps que vous voyez
tendre vers la furface de
la terre.

Minerve alloit conti-
nuer de parler, lorfque des
Etres inconnus pour moi,
arriverent dans le Temple.

C'étoient des efpéces
d'hommes, dont les trois
doigts principaux excé-
doient de beaucoup leurs

* Contredanfe.

B ij

voifins, & s'allongeant en
pointe, n'en formoient
que deux à une certaine
diftance de la main ; ils
portoient au bout de longs
tuyaux ainfi que les li-
maçons, leurs yeux audef-
fus de leur tête. J'en re-
marquai un, entr'autres,
qui tenoit un encenfoir.

Sa figure camufe & ba-
fanée, étoit enlaidie par
des cheveux courts & fri-
fés, reffemblans affez exactement aux poils d'un bar-
bet croté ; il avoit le corps
gris de fer, les cuiffes noi-
res & les jambes bleues. Je

demandai à ma conductri-
ce quels étoient ces objets;
je ne pus pour le moment
les définir autrement.

C'est, me répondit Mi-
nerve, le Clergé de Chim-
boraço. Celui qui porte
l'encensoir est un Gnome
Laponien : c'est le Grand-
Prêtre. Ce Gnome est un
zélé commentateur de la
Religion de Chimboraço,
& le plus ferme soutien
de sa Loi. Celui que vous
voyez couronné de lau-
riers, qui tient dans une
main une trompette, &
dans l'autre la plume de

Calliope, & qui a une jambe chauffée d'un Cothurne, & l'autre d'un Brodequin, eft le Génie Ombre, que fon amour pour Chimboraço fait fortir du Temple de Mémoire, pour venir recevoir & figner l'attraction. Cette cérémonie aura quelque chofe de nouveau & de plaifant.

Je ne fus pas longtems fans en être convaincu; car Minerve achevoit à peine de parler, que le Gnome traça par terre quelques caractéres Algébriques, & les montra au

Récipiendaire, auquel il demanda s'il les conoiſ-ſoit ; l'oſtentation d'une ſcience équivoque eſt inu-tile devant ſes Maîtres. Le Génie répondit qu'il en ſçavoit le nom ; mais qu'il en ignoroit la valeur. Comment voulez-vous donc être reçû parmi nous, reprit le Grand-Prêtre, ſi vous ne ſçavez pas l'Algébre ; nous n'expliquons la Loi de notre Déeſſe que par cette eſpéce d'arithmétique. C'eſt le fil qui nous conduit dans le labirinthe de la nature : nous calculons tous les effets, au lieu d'en chercher les caufes, & c'eft les avoir trouvées que de les avoir exactement calculés: vous ne pouvez être reçû. Voyons cependant, continua-t-il, après avoir réfléchi quelques inftans, fi en faveur du crédit que donnera votre nom à nos dogmes, nous ne pouvons pas vous épargner l'étude de cette fcience épineufe. En cet endroit, le Grand-Prêtre fe frota le front, fe grata, grimaça; puis il dit, nous pouvons

vous

vous en difpenfer; vous le copierez dans nos li-vres, & le traduirez des Langues étrangéres. Je vous donnerai une forte de Barême Algébrique.

Le Gnome, après avoir trouvé cet expédient, tra-ça fur le dégré de l'Autel quelques triangles & quel-ques fections coniques, & demanda au Récipiendai-re s'il fçavoit par le moyen de fes lignes, connoître les diftances. A quoi le Récipiendaire répondit, qu'il avoit parcouru les Elémens de Géométrie

de Rivard. Le Grand-Prê-
tre lui répliqua que ce Ru-
diment excellent pour les
enfans, n'étoit pas suffi-
fant pour un Difciple qui
vouloit être admis dans
le Temple parmi les Doc-
teurs de la Loi.

Le Génie lui promit de
s'inftruire, & fupplia qu'on
le reçût en faveur de fon
zéle & de fon amour pour
Chimboraço; il ne put
l'obtenir. La feule grace
qu'on lui accorda fut de
le recevoir afpirant, ce
qui fut exécuté après lui
avoir fait figner l'attrac-

tion ; mais on ne lui permit pas encore de se trouver aux Cérémonies sacrées ; il lui fut seulement accordé de venir dans le Temple adorer la Déesse & lui demander de plus amples lumieres.

Les Prêtres Chimboraciens se reculerent & se raprocherent de leur Idole à diverses reprises, pour marque de leur foi à ses différentes attractions, après quoi ils se retirerent.

Ombre resté seul dans la Nef, imita les Cérémonies des Prêtres avec tant de ferveur qu'il fut en peu de tems couvert de fueur , & tomba au pied de la baluftrade du Sanctuaire.

La Sala-Gno-Silph-Ondine fut touchée , defcendit de fon Autel , paffa dans le corps du Génie & en attira tous les efprits qui s'échapoient par fes pores.

Cependant les larmes lui coulerent des yeux de voir Ombre dans l'état où fon zèle l'avoit réduit pour elle.

Le Génie revenu de fa

fincope, apperçut l'Enchanterefle qui s'étoit retirée à fon côté.

Eft-il poffible, lui dit-il, que ma vive foi à vos miracles, que mon amour refpectueux & ma fincere adoration vous ayent touchée, grande Déefle ? Suis-je donc enfin affez heureux pour mériter que vous vous intéreffiez à mon fort ? Ha! fi cela eft ainfi, permettez que je vous découvre mes fecrets fentimens… mais non… je n'ofe. Parlez, parlez, lui dit Chimboraço ; je fais affez de cas d'un Génie tel que vous pour ne pas dédaigner de l'écouter.

L'Enchantereffe , me dit Minerve, ne s'abaiffe pas extraordinairement ; une Sala-Gno-Silph-Ondine n'eft pas beaucoup fupérieure à un Génie. Elle profite de l'aveuglement d'Ombre qui la croit une Déeffe. Chimboraço eft coquette ; elle fçait tirer partie de tout ; mais je ne veux pas vous diftraire plus long - tems. Ecoutez & voyez ; vous

connoîtrez par vous-mê-
me ce qu'elle pense du
Génie & ce qu'elle sent
pour lui.

Ombre s'étant jetté aux
pieds de l'Enchanteresse,
lui fit ainsi sa déclaration.

Pardonnez , grande
Chimboraço, si un Génie
ôse vous découvrir des
sentimens de tendresse,
l'Amour seul peut m'excu-
ser ; c'est un Dieu qui m'a
conduit aux pieds d'une
Divinité. Est-il bien vrai
que vous m'aimez , lui
dit Chimboraço avec
une douceur affectueuse ?

Vous êtes Déeſſe, lui ré-
pondit Ombre ; vous con-
noiſſez le fond de mon
cœur. Ma Divinité, lui
répliqua la Sala - Gno-
Silph-Ondine ne me fait
point découvrir les ſenti-
mens que je puis y faire
naître ; je ſçais que l'A-
mour, le plus puiſſant des
Dieux , ſe cache juſques
dans les nôtres , & vous
me confirmez cette con-
noiſſance que j'ai de ſon
pouvoir. Tant que vous
ne m'avez pas fait l'aveu
de vos feux, j'ai crû n'a-
voir pour vous que l'eſti-

me duë à votre mérite ;
mais depuis un moment
je sens que cette estime
ne servoit que de voile à
un plus tendre mouve-
ment. Une Coquette veut
montrer plus de sentiment
qu'elle n'en a, & cepen-
dant elle retranche tou-
jours de ce qu'elle en a
laissé paroître. La suite
du discours de l'Enchan-
teresse me prouva que ce-
ci n'est point un paradoxe ;
car elle ajouta : je suis
pourtant encore en état
d'en arrêter le progrès, &
je ne m'y livrerai qu'au-

tant que j'aurai des preuves certaines de votre pen-
chant pour moi.

En cet endroit Miner-
ve me fit examiner l'intérieur de Chimboraço, &
je vis que la vanité feule
occupoit fon cœur ; elle
fe fervoit de l'amour de
fentiment pour fervir l'a-
mour propre.

Ombre qui n'avoit point
de Minerve qui lui fît lire
dans les cœurs , protefta
à l'Enchantereffe qu'il
étoit pénétré de la reconnoiffance la plus tendre,
& pour l'en convaincre,

il la supplia de venir avec lui au Temple de Mémoire pour y recevoir un sacrifice éclatant de toutes les marques honorables dont la gloire l'avoit décoré.

L'Enchanteresse au lieu de répondre au Génie, lança des dards contre lui qui le pénétrerent fans qu'il s'en apperçût. La Sala-Gno-Silph-Ondine alors se féparant en deux, jetta une moitié d'elle-même à travers les airs, qui attirant l'autre, la fit parvenir jusqu'à elle. En se pouf-

fant & s'attirant ainsi successivement, elle parvint
en très-peu de tems au
Temple de Mémoire, où
son Amant se trouva tranf-
porté sans croire avoir été
touché. Minerve com-
manda aux Zéphirs, &
nous arrivâmes en même-
tems que ces deux Intel-
ligences.

Le Temple de Mémoi-
re porté sur quatre ballons
immenses remplis de la
seule matiere éthérée, flotte au gré de ce fluide sur
la surface des airs.

Sa structure est singu-

liere & noble ; il eſt ſou-
tenu ſur des ſtatuës diſ-
poſées en colonades. Ses
murs ſont compoſés d'au-
tant de têtes qu'il y en a
dans l'Univers, & ſon
toit eſt couvert de mé-
dailles.

L'intérieur en eſt orné
de tableaux & de livres,
de tables d'or, d'argent,
d'airain, de plomb, & de
cire, ſur leſquelles ſont des
ciſeaux, des burins, des
pinceaux, des plumes &
tous les outils propres aux
Arts, qui reprenſentent
nous ou nos actions.

Ce Temple en perspective à tous les humains, change de forme & s'embellit plus ou moins, selon les yeux qui le regardent.

Les uns le voyent tel qu'un vaste Arsenal rempli de trophées d'armes, sur lesquelles sont gravées les noms des Héros qui les ont portées, & brûlent du désir d'y placer les leurs.

D'autres se le représentent comme une immense Bibliothéque, & veulent y ranger leurs ouvrages.

Beaucoup le prennent
pour l'Olimpe, & penſent
en y montant, ſe placer
au rang des Dieux.

Enfin, il eſt vû des in-
ſenſés Mortels ſous autant
d'aſpects que l'Ambition a
de faces différentes.

Je ne parlerai point de
ce que j'ai vû dans ce
Temple qui n'a point de
liaïſon avec mon ſujet ; le
Maître des cérémonies
du Temple du Goût m'a
appris à ſes dépens, à ne
point fixer les places dans
celui de Mémoire. Je di-
rai ſeulement que les Co-

médies larmoyantes n'y font pas ; les titres feuls en font écrits fur les tables de cire.

Le Génie Ombre y fit voir fon nom gravé fur les tables d'argent , entre celui du Taffe & du Camoëns ; puis il adreffa ce difcours à la Sala - Gno-Silph-Ondine.

Permettez, grande Déeffe, que pour vous prouver l'excès de ma paffion, je dépofe à vos pieds dans ce Temple même, la Trompette qui y annonça mon nom, ainfi que ce

Cothurne

Cothurne & ce Brodequin
que je chauſſai avec tant
de plaiſir. Voilà, ajouta-
t-il, en ôtant ſa Couron-
ne, * *les Lauriers dont je
fus idolâtre.* De ces triom-
*phes vains mon cœur n'eſt
plus touché;* ſéduit par vos
attraits, entraîné par vos
charmes, ** *pénétré des*

* Voyez l'Epître à Mᵉ. Du ***.
** Ces ſix mots ſont en Lettres
Italiques pour deux raiſons ; la premiere, c'eſt qu'ils ſont de l'Epître à
Madame Du ***. la ſeconde... je
crois qu'il eſt inutile de la dire. Le
Lecteur verra bien que l'expreſſion
des feux de la clarté, eſt auſſi fran-
çoiſe que le ſens qu'elle renferme, (ſi
tant eſt qu'il y en ait un,) eſt clair &
phiſique.

D

feux de votre clarté, je ne vois plus que vous, Divinité adorable.

A ces mots une main parut & grava ce fait singulier sur les tables d'or; des médailles en furent frappées à mes yeux, & toutes les têtes des murs du Temple en raisonnerent.

Cette Cérémonie finie, nous retournâmes tous quatre au Temple de Chimboraço, le Génie tiré par l'Enchantereffe & moi sur le nuage de Minerve. La Sala-Gno-Silph-

Ondine tenoit les dépouil-
les d'Ombre entrelassées
en forme de trophée , &
le Génie la suivoit chargé
d'un Compas, d'une Sphé-
re & des Œuvres du
Législateur Newton , qui
sont les tables de la Loi
de Chimboraço.

Ils ne furent pas plutôt
entrés dans le Temple, que
l'Enchanteresse dit à Om-
bre, je suis satisfaite du
Sacrifice que vous venez
de me faire ; mais je desire
des preuves plus fortes de
votre goût pour moi ; il
faut demander à Apollon

même sa Lyre pour me chanter & mon Legislateur, dans une Epître digne de moi & de lui, que vous adresserez à une Silphide mon amie, pour ne rien laisser soupçonner de notre liaison.

Ombre témoigna à sa Divinité combien il étoit sensible à l'honneur qu'elle lui faisoit. A l'instant je vis * Chimboraço suspendre par dégré sa ver

* Je voyois alors en Chimboracien, car j'ai sçu depuis qu'elle l'avoit fait enlever dans une idée creuse, tirée par quatre Sophismes bleus; c'est son Char ordinaire.

tu attractive fur le Génie dans la direction du Parnaffe ; il pefa vers ce mont, en fut attiré, & en peu de minutes fe trouva aux pieds d'Apollon.

Comme il étoit favori de ce Dieu, il en obtint la Lyre auffi-tôt qu'il l'eut demandée ; il revint par le même moyen qu'il étoit allé. L'Enchantereffe fufpendit fa vertu dans le mont & le Génie retomba près de fon Temple.

Il entra avec cet air fatisfait que donne la certitude de plaire à ce que l'on aime, & chanta un des plus beaux morceaux de Poësie qu'on ait jamais entendu. J'en vais citer ici quelques vers pour mettre le Lecteur à portée d'en juger par lui-même.

Il dit en parlant de Chimboraço.

Ce ressort si puissant, l'ame de la nature,
Etoit enseveli dans une nuit obscure;
Le compas de Newton mésurant l'Univers,
Leve enfin ce grand voile & les cieux sont ouverts;
* Il déploye à mes yeux par une main sçavante.

*Le Législateur Newton.

De l'Astre des saisons la robe étince-
    lante,
L'émeraude, l'azur, le pourpre, le
    rubis,
Sont l'immortel tissu dont brillent ses
    habits;
Chacun de ses rayons dans sa substan-
    ce pure,
Porte en soi les couleurs dont se
    peint la nature,
Et confondus ensemble, ils éclairent
    nos yeux,
Ils animent le monde, ils emplissent
    les cieux.

- - - - - - - - - - - - - - - -

La Mer entend sa voix. Je vois l'hu-
    mide empire
S'élever, s'avancer vers le Ciel * qui
    l'attire;
Mais un pouvoir central arrête ses
    efforts,
La Mer tombe, s'affaisse & roule vers
    ses bords.

    * Par le Ciel, l'Auteur entend le
Soleil & la Lune.

On peut dire avec vérité que les Auteurs les plus respectables de l'Antiquité n'ont rien peint si naturellement , & avec tant de majesté , qu'Ombre a peint dans ces quatre derniers vers le flux & le reflux de la mer, Ce morceau lui fait d'autant plus d'honneur que la secheresse des hautes Sciences fane ordinairement les fleurs dont se pare la Poësie ; c'est domage qu'il ait prouvé , dix vers après ceux-ci , par deux autres fort beaux pour

la

la verſification, qu'il n'é-
toit pas bien au fait du
pouvoir attribué à ſa Di-
vinité. Je m'étonnerois de
ce qu'elle les ait laiſſé
paſſer, ſi je ne ſçavois pas
qu'elle entreprend autant
qu'elle peut ſur les droits
des Intelligences ſes ri-
vales. Les voici :

Terre change de forme , & que la
  péſanteur
En abaiſſant le Pôle éleve l'Equateur.

Chimboraço eſt ici dé-
ſignée ſous le titre de pe-
ſanteur ; quand il ſeroit
vrai qu'elle abaiſſeroit le

E

Pôle, étant placée au centre de la terre, dont elle attireroit les parties, il seroit faux qu'elle élevât l'Equateur, puisque c'est au contraire son ennemie la Fée Centrifuge qui éleve le milieu du Globe terrestre.

Quelque belle que fût au reste cette épître, je n'en rapporterai pas davantage ; je me contenterai d'apprendre au Lecteur que la Sala - Gno-Silph-Ondine en fut charmée, & ne put dans son transport de joie, refuser un baiser au Génie qui le lui demanda, après avoir fini de la lui avoir chantée.

Avec la connoissance que j'avois déja acquise du caractere de l'Enchante-resse, je soupçonnai que cette faveur qu'elle accordoit au Génie avoit deux objets ; l'un, de le récompenser ; & l'autre, de l'engager à faire encore plus pour elle : je fus certain du dernier instant qui suivit leur embrassement.

Je ne vous demande plus, dit-elle, qu'une preuve de l'amour que vous m'avez montré; il n'eſt rien, dit le Génie, que je ne faſſe pour vous plaire. J'en ſerai bien-tôt aſſurée, reprit Chimboraço; il faut que vous reportiez la Lyre à Appollon, que vous renonciez à ſa protection en face de toute ſa Cour, & conſentiez en ſa préſence que ſi vous faites jamais de vers, ils ſoient ſans ſon aveu & celui des... Vous m'entendez, continua-t-elle, en rougiſſant. Ombre en cet endroit fronça le ſourcil. L'Enchantereſſe

s'en apperçut, & reprit
ce n'est pas par vanité que
j'exige ce sacrifice solem-
nel; c'est pour m'assurer
votre conquête, parce
que je prévois que malgré
vos promesses, la Poësie
ne cessera pas si-tôt d'a-
voir des charmes pour
vous. Ah! Déesse, inter-
rompit le Génie, je vous
jure... Non, non, ne ju-
rez pas, dit-elle, je ne
suis que trop sûre que
vous me négligerez; sé-
duit par les attraits de cette même Melpomene que
vous avez dit que vous

E iij

quittiez dans cette épî-
tre * que vous venez de
compofer pour moi; mais
je fçai en même tems que
lorfque vous aurez renon-
cé à fes faveurs, envain
vous l'invoquerez ; elle
ne vous infpirera plus:
Appollon même peu fla-
té que vous le faffiez In-
troducteur des Héros dans
un Temple que vous vou-
drez élever à la Gloire,
vous laiffera comme un vil
manœuvre, arranger fans

* Voyez l'Epître à M^e Du ***.
fi vous êtes curieux d'en fçavoir davantage ; fi vous ne l'êtes pas, vous
pouvez continuer de lire.

ordre des matériaux ufés. Dégoûté alors des Lauriers que vous ne pourrez plus cuëillir, vous vous attacherez peut-être à moi avec une fidélité inviolable. Que je ferois heureufe! ajouta-t-elle, fi j'en avois la certitude; mais ma prefcience ne va pas jufques-là : ma puiffance contrebalancée par celle de l'Amour, ne peut me faire voir clairement fi j'aurai ce bonheur; réduite en ce cas à l'aveuglement des Mortels, je puis feulement me précau-

tionner contre l'avenir; ai-
dée de ce que je prévois, &
des soins que je prend pour
vous attacher à moi, je
dois espérer que vos vers
seront si mauvais, que si
vous êtes sage, vous vous
dégoûterez d'en faire &
joüirez avec moi des
douceurs d'une saine Phi-
losophie; je ne vous en
promets pas davantage,
ajouta-t-elle, en le regar-
dant tendrement.

Le Génie qui pendant
ce discours avoit eu l'air
sombre & triste, se rani-
ma aux regards tendres

de l'Enchantereſſe , & pouſſant un ſoupir, il lui dit : vous êtes trop belle & je ſuis trop amoureux pour vous rien refuſer. Je vole à la Cour d'Appollon , lui jurer que je renonce à ſes graces , & proteſter aux Muſes qu'elles ne me verront jamais exiger la moindre de leurs faveurs.

Il dit & s'y trouva tranſporté comme la premiere fois ; il y exécuta ſolemnellement les ordres de Chimboraço , & revint lui demander pour récompenfe d'être reçû au nombre de fes Prêtres ; ce qu'elle lui accorda d'autant plus volontiers, qu'en l'élevant à cette dignité, elle comptoit s'attacher un illuftre Défenfeur de fes Loix ; il les avoit déja foutenuës avec chaleur dans plufieurs occafions.

Ombre la remercia avec les expreffions de la plus tendre reconnoiffance.

Cette Sala-Gno-Silph-Ondine infpira fans doute à fes Prêtres de venir ; car je les vis arriver après qu'elle eut consenti d'admettre le Génie, dans son Clergé.

Le Grand - Prêtre découvrit un Autel admirable, sur lequel Chimboraço étoit placée.

Il étoit d'un morceau de vuide Newtonien, de couleur de gorge de pigeon, agréablement contourné. L'imagination de ses Prêtres s'étoit épuisée à le parer d'un goût exquis. L'Autel de Venus à Paphos n'est pas plus élégant.

Des Astrolabes , des

Compas, des Triangles, des Cônes, des Cilindres, des Cubes, des Spheres, des Prismes, des Armures, des Balances, des Cercles concentriques, excentriques, & mille autres ornemens étoient en bas relief sur le devant de cet Autel, & servoient d'accompagnement à ce signe (∞) qui représentant l'infini, est allégorique aux vertus infinies de Chimboraço.

A la droite de cette Sala - Gno - Silph - Ondine étoit un Trône d'aiman, fur lequel étoit fa fœur Magnefie.

A fa gauche il y en avoit deux ; l'un d'ambre & l'autre de criftal , fur lefquels étoient affifes fes deux fœurs naturelles Raifine & Vîtrée.

Tous les Chimboraciens, tant Prêtres que Difciples, étoient à cette Cérémonie. On chanta beaucoup de couplets contre le Légiflateur Defcartes , la Salamandre , Subtile & l'Etherée ; puis on entonna des Hymnes en l'honneur de Chimboraço ; la musique en étoit de Rameau ; je n'en ai jamais entendu de plus propre à être exécutée dans le Temple d'une Intelligence telle que Chimboraço, où tout est *en raison inverse.*

Enfin, on cessa les concerts & l'on éleva le Génie sur un piéd'estal, porté sur quatre rechauds dans lesquels on fit brûler de l'encens, de l'ambre & de toutes les especes de raisines ; ensuite on lui frotta les levres d'aiman, de Tubes électriques, &

de lames d'acier taillées en pointes, & dans l'inf-tant *il parla d'attraction*, comme on fçait qu'il en parle. Ainfi finit la céré-monie. On le laiffa feul pour qu'il rendît graces à Chimboraço.

Je ne puis, dit-il, être affez reconnoiffant de la faveur que vous venez de m'accorder ; cepen-dant.... que je ferois heu-reux, fi après être com-blé de gloire, il m'étoit permis d'efpérer .... Un regard enflammé exprima ce qu'il n'ofa prononcer;

puis il dit : j'ai fait bâtir
un Palais à Chimerie que
j'ai fait vîtrer & orner sui-
vant les principes de vo-
tre trés-vénérable Grand-
Prêtre notre illuftre Lé-
giflateur. Je fuis fûr que
fi l'on a exécuté mes or-
dres, les Appartemens en
feront fort clairs ; j'en
excepte un Cabinet que
l'Amour feul peut habiter.
Voudriez-vous, ajouta-t-
il, venir voir ce Palais ?
Je compte mériter les bon-
tés dont vous m'honorez
par les foins que j'ai pris
de le rendre digne de
vous.

vous. Comment digne de moi, reprit la Sala-Gno-Silph-Ondine ; qui vous a donné le téméraire espoir de me voir y prendre intérêt ? L'extrême désir que j'en ai eu, répondit le Génie. Je ne sçai pas, répliqua-t-elle, si ce motif a été flatteur pour ma gloire. Qu'eût-on pensé si l'on eût vû la fameuse Déesse Chimboraço descendre de son Autel pour aller dans le Palais d'un Génie Poëte. Au reste je n'ai pu vous empêcher de penser, mais

je puis retenir mes pas. Il
eſt vrai, reprit auſſi-tôt le
Génie, que je ſuis inexcu-
ſable d'avoir oſé penſer
ainſi , mais aujourd'hui,
Déeſſe , que je ſuis au nombre de vos Prêtres , je
puis joüir du bonheur de
vous recevoir chez moi,
ſans vous expoſer à la
médiſance. Cela ne ſuffit
pas, reprit-elle ; non-ſeu-
lement je veux être hors
du ſoupçon, mais je veux
encore être pure à mes
yeux. Je ne puis y aller.

Cette fiere délicateſſe
dut paroître extraordi-

naire à ce Génie qui ve-
noit de se voir attiré au
Temple de Mémoire par
celle qui le prenoit sur un
ton si haut. Il dut le trouver d'autant plus singulier
qu'il ne se doutoit nulle-
ment qu'un Arrêt fatal lui
donnoit de la répugnance
pour ce voyage. Loin
d'être rebuté de son refus,
il continua de la supplier
de lui accorder cette
grace.

Chimboraço ne pou-
vant résister à ses vives
sollicitations , surtout
après le pas qu'elle avoit

déja fait, lui dit, prenez garde à la démarche que vous exigez de moi. Il eſt écrit parmi les Arrêts du Deſtin, *qu'un Génie doit me faire voir un objet humiliant pour moi dans un Palais élevé pour me plaire , & qu'une lumiere inattenduë le privera de ma vuë.*

Je vis moyennant Minerve, que le Génie dans ſon intérieur interpretoit favorablement cet Arrêt.

L'objet humiliant pour cette Déeſſe, penſoit-il, *eſt de me voir dans ſes bras. La lumiere inattenduë qui*

doit me priver de sa vuë,
eſt ſans doute celle que
j'ai fait tranſmettre d'une
façon nouvelle dans les
appartemens de mon
Palais qui lui donnera en-
vie de voir le Cabinet,
où pour joüir d'un plus
grand bonheur, je ſerai
privé de celui de la voir.

En un inſtant j'eus vû
penſer à Ombre tout ce
que je viens de raporter,
& en conſequence de ce
petit raiſonnement men-
tale, il réitera ſes inſtan-
ces. L'Enchantereſſe con-
ſentit. Ils partirent, &

nous les accompagnâmes.

Chimboraço en defcendant dans l'avant-cour, parut fatisfaite de voir le Palais fitué au bord de la Mer. Elle en fit compliment au Génie, qui lui repondit qu'il ne l'avoit fait bâtir dans ce lieu, que pour être à portée d'admirer continuellement l'effet de fon pouvoir fur le vafte Ocean.

Son pouvoir, repéta Minerve en tournant les yeux vers mois ? Je devinai à fon regard qu'elle permettoit que je la queftionnaffe.

Cette Enchantereſſe, lui dis-je, n'a donc nulle part au flux & reflux ? Non, me répondit-elle. C'eſt donc, repris-je, la Salamandre Subtile ou Etherée qui le cauſe ? Ce n'eſt ni l'une ni l'autre, répliqua-t-elle. Je n'ai pas voulu vous diſtraire d'entendre de beaux vers, lorſque le Génie l'a louée ſur ce prétendu pouvoir ; mais à preſent je puis vous découvrir le principe du mouvement de ces eaux qui ſurprend la terre, met en défaut la Philoſophie des Sages, & est le sujet d'un nombre prodigieux de Systêmes aussi foux qu'ils sont peu conformes à la vérité.

L'Amour seul cause ce Phénomene.

Sçachez que Diane, cette prude céleste, n'est pas partout où vous l'i-maginez, & qu'elle n'est point aussi sage que vous le croyez. Ce n'est point elle qui gouverne le Vais-seau lumineux qui vous éclaire la nuit; elle le laisse suivre *la circulation harmo-nique* du fluide étheré sur

lequel

lequel il flotte : ce n'eſt
point elle qui court les
forêts , armée de cet atti-
rail de chaſſe qui en im-
poſe aux trois quarts de
l'Olimpe : un Phantôme
qui lui reſſemble , envoyé
par elle , nourrit votre er-
reur. Elle n'eſt inſenſible
aux hommages des Dieux ,
que parce qu'elle eſt amou-
reuſe de Thetis ſon Aman-
te ; & le flux & reflux
n'eſt qu'une agitation cau-
ſée dans les eaux par les
voluptueux mouvemens
qui font ſortir l'écume que

vous voyez de la source
de leurs divins plaisirs. Je
ne suis plus étonné, re-
pris je, de la pâleur de
cette Déesse. Vous ne le
ferez pas non plus, re-
prit-elle, de l'air enflamé
d'Appollon, quand vous
sçaurez qu'il ne reste au
centre de votre tourbil-
lon que pour voir de plus
près sa chere Daphné
sous l'écorce de vos Lau-
riers. Qui l'empêcheroit,
dites-moi, d'aller rejoin-
dre ses Freres qui brillent
près de l'Empirée, si le
puissant Dieu de Cithere

ne le retenoit dans fes chaînes ?

Nous en étions là quand le Génie entra dans fon Palais.

Pourquoi donc n'y voit-on pas clair, s'écria-t-il ? Il me femble que les glaces des croifées font préparées pour cela, dit Chimboraço. Comment préparées pour cela, re-partit Ombre ? Ne font-elles pas couvertes d'une triple couche d'étain ? C'eft par cette raifon, repondit-elle, que la lu-miere ne les pénétre pas.

Comment ! c'eſt par cette raiſon, reprit-il avec feu, * eſt-ce que le moyen de rendre les corps tranſparens n'eſt pas d'en étrecir les pores ; & puiſque le vuide réfléchit la lumiere, ne doit-on pas diminuer celui des glaces autant qu'on le peut, pour qu'elles la tranſmettent ? J'ai donc eu raiſon de les faire étamer ? Je ne ſçai pas où vous avez appris, répliqua - t - elle d'un air ironique, que le

* Voyez le Newto-N. chap. 2, p. 32 & 34.

moyen de rendre un corps diaphane soit d'en étrecir les pores. Cependant, Déesse, repartit-t-il, il me semble qu'en * étrecissant ceux du papier avec de l'huile, il devient transparent. Cela est vrai, reprit-elle, mais ce n'est pas parce qu'ils sont plus étroits, c'est parce qu'ils sont remplis d'huile & que ma Vertu attractive est plus forte dans ce liquide que dans le fluide qu'elle en a chassé. Ou bien, me dit Minerve, par-

* Newto-V. p. 34.

ce que les pores en font plus droits, les filets qui les traverſoient étant écartés & briſés, & que l'huile laiſſe paſſer les Atomins lumineux plus facilement que l'air. Eſt-ce ainſi, continua Chimboraço, que votre Palais eſt vîtré, ſelon les principes de Newton?

Le Génie ne ſçachant que répondre, ouvrit les fenêtres. Ah! voilà un Claveſſin, dit l'Enchantereſſe, diſtraite par cet objet: elle court le toucher; mais ſes doigts preſsent envain les touches pour en tirer des sons, il n'en sort que des rubans de toutes les couleurs. Quel instrument extraordinaire, dit-elle ! J'aime assez le bizare ; mais celui-ci est trop outré. Qui vous a, dites-moi, mis dans la tête d'avoir un pareil instrument ? J'ai voulu * *justifier cette invention par l'expérience.* Vous ne la trouvez donc pas belle : ** *il y a* cependant *eu des pays où le Public*

* Newto-V. Chap. 14. p. 148.
** Ibid.

G iiij

auroit récompensé l'Auteur.

Il est certain, me dit Minerve, que les Cibarites lui auroient fait élever une statuë.

Chimboraço répondit au Génie qu'elle ne s'en soucioit pas trop. J'aime mieux, continua-t-elle, regarder ces peintures que de m'éblouïr avec votre Clavessin. Que le plafond est beau, interrompit-elle ! C'est l'Apotheose de notre Legislateur, reprit-il. Vous le voyez * *tranquile au haut*

* Epître à Madame Du ***.

des Cieux qu'il s'est soumis, entre vous, Déesse, la Phisique, la Métaphisique & la Géométrie.

Ce tableau a-t-il un original, demandai-je, à ma Conductrice ? Il est vrai, me répondit-elle, que nous avons reçu New-ton au rang des Demi-Dieux. Je vais vous raconter en peu de mots l'histoire de son Apothéose.

Ce Mortel fut uni par les liens de l'amitié avec la Géométrie ; elle lui fit part de ses connoissances les plus profondes. Vous

sçavez comme il en a pro-
fité : il fut encore plus
tendrement aimé d'Iris.
Cette Déeſſe entraînée
par ſa paſſion , voyant
ſon Amant occupé de-
puis long-tems à recher-
cher la cauſe des couleurs,
& prêt à ſe livrer au dé-
ſeſpoir de ne pouvoir la
trouver , ſe changea en
Priſme & vint ſous cette
métamorphoſe lui en dé-
couvrir la véritable na-
ture. Mercure & Momus,
les médiſans de la Cour
Céleſte , aſſurent qu'elle
profita du déguiſement

pour lui accorder ſes fa-
veurs. Eſt-il poſſible, diſent ces Dieux, que New-
ton ait connu ſi particu-
lierement la cauſe de la
diviſion admirable des di-
verſes couleurs dont brille
toute la perſonne d'Iris,
ſans qu'elle lui ait laiſſé
lever le voile qui la ca-
choit au reſte des Hu-
mains? Quoi qu'il en ſoit,
continua-t elle, Iris l'ai-
ma, & pour rendre im-
mortel ſon Amant ou ſon
Favori, elle vint conjoin-
tement avec la Géomé-
trie nous le préſenter à

l'inſtant qu'il alloit expi-
rer, & il fut reçû au nombre des Demi - Dieux. A
l'égard de la Phiſique &
de la Métaphiſique que
le Génie Ombre met à
ſes côtés, cela eſt de ſon
invention; car celle - ci
n'a point quitté Leibnits,
& celle-là n'abandonne
point Deſcartes. Pour
Chimboraço, nous ne la
connoiſſons point. L'a-
mour de Newton pour
cette Sala - Gno - Silph-
Ondine, a même penſé
nuire à ce qu'il fût admis
parmi les Immortels ; car

Iris en fut plus d'une fois juſtement jalouſe. Chimboraço eut long-tems la préférence ſur elle dans le cœur de ce Philoſophe ; mais enfin, Iris en devint ſeule maîtreſſe.

Pendant que Minerve m'apprit toutes ces particularités, l'Enchantereſſe loüa l'ordonnance , le deſſein & le coloris de la peinture du plafond ; elle marqua auſſi de la ſatiſfaction de voir un tableau repreſentant le P. Grimaldi qui l'apperçoit briſant des rayons de lumiere au-deſſus d'une lame d'acier ; & lorſque ma Conductri-ce finit, elle regardoit en rougiſſant de dépit les Amours d'Iris & de Newton ; elle y voyoit cet infidele Amant lui préférer cette Déeſſe. On avoit mal à propos mis dans le Palais ces tableaux injurieux à l'Enchantereſſe & qui lui apprenoient ce qu'elle avoit juſqu'alors ignoré.

Le Génie s'appercevant de la faute qu'on avoit faite, lui propoſa pour la tirer de deſſus cet objet désagréable, d'aller voir les croisées de son Cabinet. Ho ! pour dans votre Cabinet, Génie, lui répondit Chimboraço, vous me permettrez de n'y point aller. Je n'ai nul projet qui vous soit injurieux, reprit Ombre. Il pensoit que la pudeur la faisoit parler. Je le crois, lui répliqua l'Enchanteresse, cela ne vous iroit pas. J'en suis incapable, continua le Génie, de grace ne me refusez pas. Permettez que je vous fasse voir que je

ne me trompe pas tou-
jours fi lourdement que
j'ai fait, en faifant étamer
les glaces des croifées de
mon Palais. Puifque vous
le voulez, répondit-elle affez aigrement, j'y confens.

Le Génie lui donna la
main & ouvrit la porte.
Quelle lumiere frape mes
yeux, s'écria Chimbora-
ço! Il n'eft donc pas
vrai, dit Ombre, que le
papier fec foit opaque?
J'ai donc eu tort de pen-
fer que * *nul rayon de*

* P. 34 du Newto-V.

lumiere

lumiere ne le traverse?

A l'inſtant je vis la Sala-
Gno-Silph-Ondine s'éle-
ver au plafond en lui di-
ſant : *Tu viens de m'éclairer
ſur ton incapacité. Ceſſe de
te dire Prêtre de mon Temple, indigne profane ! Je veux
pour te punir d'avoir oſé
demander d'être admis dans
mon Sanctuaire, que cette
grace que je t'ai accordée, ne
te ſerve qu'à te donner des
idées confuſes. Je veux que
tu compoſe un livre ſur ma
Loi, que tu verras à ta honte,
ſolidement critiqué par le
prolixe Saberien.*

H

Elle dit, & une épaiſſe fumée m'entoura. Les murs & les voûtes s'ébranlerent, un bruit affreux ſe fit entendre, & Minerve, Chimboraço, le Génie & le Palais diſparurent.

FIN.

EXPLICATIONS *de quelques termes de Phifique, de Géométrie, & autres repandus dans ce Conte.*

A

ATTRACTION, force interne des corps qui, felon les Newtoniens, caufe la péfanteur de toute la matiere, & empêche que ces Planettes ne s'échapent dans les Cieux par les *Tangentes des Ellipfes qu'elles décrivent autour de leurs

* Une pierre qui s'échape d'une fronde que l'on tourne, s'échape par la Tangente du cercle que décrit la poche de cette fronde.

H ii

Soleils; je dis leurs Soleils, si tant est que tout se passe dans la région des Etoiles comme ici, *page* 11

Algébre , * sorte d'Arithmétique plus étendue que la vulgaire, 23

Atomins , Atomes qui composent les rayons de lumiere, 12

Astrolabe , instrument avec lequel on observe la hauteur, la grandeur, le mouvement & la distance des Astres, 59

Armures , Armures d'Aiman, plaques de fer qu'on applique à l'Aiman, pour augmenter sa vertu, 60

* Caractéres Algébriques , sont les chiffres de l'Algébre.

C.

Chimboraço, l'Attraction, *p.9*
Chimboraço, Montagne fi-
tuée près de l'Equateur, qui
felon les Obfervations de
Meffieurs Bouguer & de la
Condamine, attire à elle
le plomb qui pend au fil
des quarts * de cercles, &
l'écarte de la verticale **
d'un angle de 7 ou 8″, 11

* *Quart de cercle* où pend le fil
à plomb, eft un inftrument de Mathé-
matique.

** *Verticale*, le pendule d'une
horloge, lorfqu'elle eft arrêtée, eft
dans une fituation *verticale*. Pour
peu qu'on l'en écarte à droite ou à
gauche, on le dérange de cette fituation; c'eft ce qui arrive au fil où pend
le plomb des quarts de cercles, lorfqu'on approche de la Montagne ap-
pellée Chimboraço.

Cône, un cône est fait en forme de pain de sucre. Les differentes figures qui naissent de la coupe d'un cône, se nomment *sections côniques*,   page 60

Cube, corps solide, ressemblant à un dez à joüer,   60

Cercles concentriques, qui ont le même point pour centre. *Les cercles excentriques*, au contraire, ont des centres differens, quoique passant les uns dans les autres,   60

Clavessin oculaire, instrument imaginé par le P. Castel, qui devoit faire paroître successivement des couleurs comme les Clavessins ordinaires font entendre des sons,   78

Celeste, habitante de la matiere du Ciel.   18

Chimerie, campagne délicieuse
à l'Orient du Royaume du
Génie Ombre, *page* 64

D.

Doits, &c. allusion au Compas dont se servent sou-
vent les Géométres, 19

E.

Ellipse, ovale que décri-
vent les Astres dans leurs
cours, 91
Edifice (*somptueux*), l'Obser-
vatoire, 5
Enfans, les jeunes Philosophes, 5
Etherée, par matiere étherée,
les Philosophes entendent
un fluide beaucoup plus

subtile que l'air ; elle est au-deſſus de l'air , étant beaucoup plus legére que ce dernier fluide ; il y en a cependant beaucoup dans l'air. C'eſt enfin ce que Deſcartes appelle *la matiere du Ciel* , ou la matiere de ſon ſecond élément , dont il fait la lumiere , *page* 18

Empirée , (L') Ciel au-deſſus des étoiles fixes. C'eſt une région de feu immenſe. M. Derham l'a vuë à travers une nébuleuſe ; * on peut l'en croire ſi l'on veut , 74

Equateur , (L') eſt le cercle ſuppoſé au milieu de la ter-re , ſur lequel elle roule

* Taches remarquées dans le Ciel dans ces derniers tems.

comme

comme une boule qu'on rouleroit dans une allée, *p.* 49

Estherée. (L') Intelligence habitant la lumiere ou *la matiere du Ciel*, dont j'ai déja parlé, qui, selon Descartes, cause le flux & reflux. 18

F

F*Atigués.* (Atomins) Nous ne connoissons point de ressort dont la reaction soit égale à l'action, ainsi je puis suppofer avec beaucoup de vraisemblance que les raïons ne vont pas si vîte après la réflexion. Les Atomins fatigués ne font autre chofe que les raïons réfléchis. 15

Freres. (fes) Les Etoiles étant des Soleils, peuvent être regardés comme freres d'Apollon confideré comme le Dieu du feu qui nous éclaire. 74

G

GRimaldi, (le Pere) a découvert l'inflexion de la lumiere. 85

H

HArmonique. (circulation,) cette circulation eft partout l'orbe que décrit la Lune, & s'accorde avec l'efpace que parcourt cette Planete, & le tems qu'elle eft à parcourir cet efpace. Ceci ne peut être plus clair. On ne peut expliquer les loix de Kepler, & la circulation harmonique que Leibnitz a imaginée *

* Voyez Act. erud. 1689, pag. 82.

,,

pour accorder le mouvement
de la matiere eftherée de Defcartes avec ces mêmes loix
que fuivent les Planetes dans
leurs révolutions, fans faire
un traité de Phifique.   72

L

LImaçons. Ce qu'on appelle
vulgairement leurs cornes,
font de longs Telefcopes,
au bout defquels font leurs
yeux.   20

*Lames d'acier taillées en poin-
te.* Les * Newtoniens préten-

& 1706. p. 446, & vous trouverez
qu'on n'a pas befoin de l'attraction
pour expliquer le cours des Planettes.

   * Voyez Muffchenbroek, ch. de
l'attraction, où M. de V. ch. 7. p. 87.

dent que ces lames attirent la lumiere avant même qu'elle les touche. Si l'expérience est vraie *, il faut que ce foient les raïons qu'on appelle inefficaces qui, divergeant plus que les raïons effica- ces * *, aillent frapper la pointe de ces lames, foient réflechis contre les raïons efficaces, & les rompent; il fe pourroit auffi que quelqu'- écoulement de matiere fub-

* J'ai vû des Philofophes en dou- ter.

* * Qui font affez denfes & ont affez de mouvement pour ébranler fuffifamment le nerf optique, qui du fond de notre œil va rendre au cer- veau, pour que nous ayons la fen- fation qui nous fait dire que nous voyons les objets.

tile y eût part, d'autant que pour faire cette experience, on ne se sert que de lames d'acier ou de verre. Le tourbillon électrique de celui-ci ou magnetique de celui-là, peut fort bien causer l'inflexion des raïons. 63

M

MOrtel. (présomptueux) Le Génie Ombre. 2

Métaphysique que le Génie Ombre met à ses côtés. M. de V. a fait le paralelle des sentimens de Newton & de Leibnitz sur la Métaphysique, où il met le Philosophe Anglois au-dessus de l'Allemand. Tout le monde connoît l'essai de Théodicée, de ce dernier & ſes autres écrits qui prouvent combien il eſt au-deſſus du premier, qui a avoué lui - même que ſes penſées métaphyſiques étoient incertaines. 84

Maſſe. L'attraction, ſelon les Newtoniens, agit *en raiſon directe de la maſſe* ; c'eſt-à-dire, ſelon la quantité de ma-tiere contenuë ſous un volu-me déterminé : elle a plus d'effet, par exemple, dans un pied de matiere ſolide, que dans onze pouces de pareille matiere. 9

Magneſie. Intelligence habitant la matiere Magnetique : ſi tant eſt que cette matiere exiſte, elle a ſon cours d'un Pôle à l'autre, & celui de la

matiere subtile est paralelle
à l'Equateur. Cette Intelligence attire le fer, la pierre
Looughneagh, les Grenats,
&c. sans même les toucher.

18

N

NAturelles. (Sœurs) L'attraction des raisines & des verres se nomme électrique. Les
Newtoniens mêmes la regardent comme l'effet de quelques écoulemens. On voit
qu'elle est très-inferieure à
celle que Chimboraço exerce
sur toute la nature, puisque
celle-ci agit à des millions
de lieuës de distance. A l'é-
gard de l'attraction de l'Aiman, ils ne la regardent pas

tout-à-fait comme celle qui fait graviter tous les corps, mais ils n'y mettent pas une diférence considerable : ils prétendent que sa vertu n'est causée par aucuns écoule-mens.   61

O

OMbre. (le Génie) Devinez, l'énigme n'est pas obscure.

22

P

PRêtres. Les Philosophes con-somés.   5

Prismes. Verres propres à sé-parer les raïons de lumiere.

60

Pôles. Sont les deux points op-posés de la Terre. Qu'on se re-

preſente un œuf qu'on rouleroit ſelon ſa largeur : les deux
pointes ſont les Pôles, & le
milieu l'Equateur. Telle eſt
la Terre, ſelon M. de Caſſi-
ni : elle eſt applatie par les
Pôles ſelon M. de Mauper-
tuis. Ce ſont deux habi-
les Aſtronomes qui ont
démontré les deux oppo-
ſés dans cette meſure. Encore quelques démonſtra-
tions pareilles, & la Géométrie & la Trigonométrie,
trouveront peut-être moins
de vrais Croyans. 49

Phénoménes. On nomme Phé-
noméne tout ce que nous dé-
couvrons dans les corps, à
l'aide de nos ſens. 72

R

RAisine. Intelligence habitant les écoulemens qui sortent de toutes les especes de Raisines. Cette Raisine attire tout ce qu'on approche d'elle à une certaine distance. 61

S

SUbtile. (la Salamandre) Intelligence habitant la matiere subtile, dont Descartes faisoit l'élément du feu, 17

Subtile. (la loi de) Descartes prétendoit que la matiere subtile circuloit paralellement à l'Equateur autour de notre Globe, & chassoit les corps vers le centre de la

Terre par la force de son mouvement que les Philosophes nomment *Force centrifuge*, * 18

Sala-Gno-Silph-Ondine. Intelligence habitant le feu, la terre, l'air & l'eau; ou l'attraction, *Titre.*

Sphere. Machine qui représente la Terre & les cercles, que les Astronomes imaginent l'entourer, pour la comodité de leurs mesures & de leurs calculs. 43

* Tout Corps qui tourne en rond acquiert une force centrifuge, qui tend à éloigner ce Corps, & chaque partie de ce Corps du centre du cercle qu'il décrit.

T

Tuyaux. Lunettes d'approche. 20

Triangle. Figure à trois côtés. Un chapeau a la forme d'un Triangle. 60

Tubes électriques. Longs tuyaux de verre qui attirent l'or, la paille, &c. 62

V

Vaisseau lumineux. Je dis Vaisseau lumineux, quoique la Lune ne soit pas lumineuse par elle-même, pour rendre ce qu'on a toujours entendu par le Char lumineux de Diane, qui, selon Descartes & ma Mithologie, doit être un vaisseau, puisqu'il eſt porté & entraîné par un fluide. 72

Vuide Nevvtonien de couleur de gorge de pigeon, (morceau de,) on peut dire un morceau de vuide; car quoiqu'il ne ſe partage pas , ſelon les New-toniens , on peut en quelque ſorte , diſent - ils , le diviſer en parties. * On peut auſſi regarder le vuide ** comme coloré , puiſque ſelon M. de V… ce rien pénétrable de ſa nature , ſi tant eſt qu'il en puiſſe avoir une, réfléchit la lumiere. 52

* Voyez Muſſchenbroeck , Chapitre Vuide.

** Elémens du Newto - Voltaiſme. p. 167

Vîtrée. Intelligence habitant les écoulemens qui fortent du verre. Vîtrée attire beaucoup de diverfes matieres, ainfi que Raifine, fans même les toucher. 61

Vuide. J'ai fait tous mes efforts pour trouver une circonlocution pour expliquer ce terme, & j'avouë que je n'ai pû en venir à bout. 59

Il faut défarmer la critique & la fatire en les négligeant. Elles reffemblent à ces étincelles qui s'èlancent d'un grand feu, & s'éteignent auffi-tôt quand on ne foufle pas deffus.

Fontenelle, *T.* 6. *p.* 621.

FIN.